湛庐 CHEERS

与最聪明的人共同进化

HERE COMES EVERYBODY

📖 奇妙的人文冒险 📖

잔 다르크의 전쟁 교실

圣女贞德 最后的心愿

[韩]李香晏 著
[韩]李敬锡 绘
邱子菁 译

中国纺织出版社有限公司

作者的话

　　朝鲜半岛在历史上发生过许多次战争。其中，16世纪末的壬辰卫国战争和20世纪50年代初的朝鲜战争，都给朝鲜半岛的人民带来了重大影响。壬辰卫国战争始于日本的入侵，战争造成国土荒废及许多人丧命。

　　而爆发于1950年的朝鲜战争，则使朝鲜半岛血脉相连的南北双方因为理念与体制的不同而将枪口对准彼此的胸口。在这场战争中，无数人丧生，不计其数的家庭离散。战争所留下的伤痛至今尚在。目前，朝鲜半岛仍然分为朝鲜与韩国两个国家，朝鲜半岛上的人民也经常担心战争再次爆发。

　　为什么会发生战争呢？没有能阻止战争的方法吗？为了阻止战争发生，我们应该做什么样的努力？

这本书就是因思考这些问题而诞生的。

　　书中的主角浩东某天进入了一个奇怪的游戏中，并且在游戏世界里经历了一场战争。

　　浩东所看见的战争究竟是什么样？浩东能从可怕的战争中逃脱出来，再次回到家里吗？现在，我们就一起进入浩东的冒险故事中一探究竟吧！

李香晏

故事人物介绍

浩 东

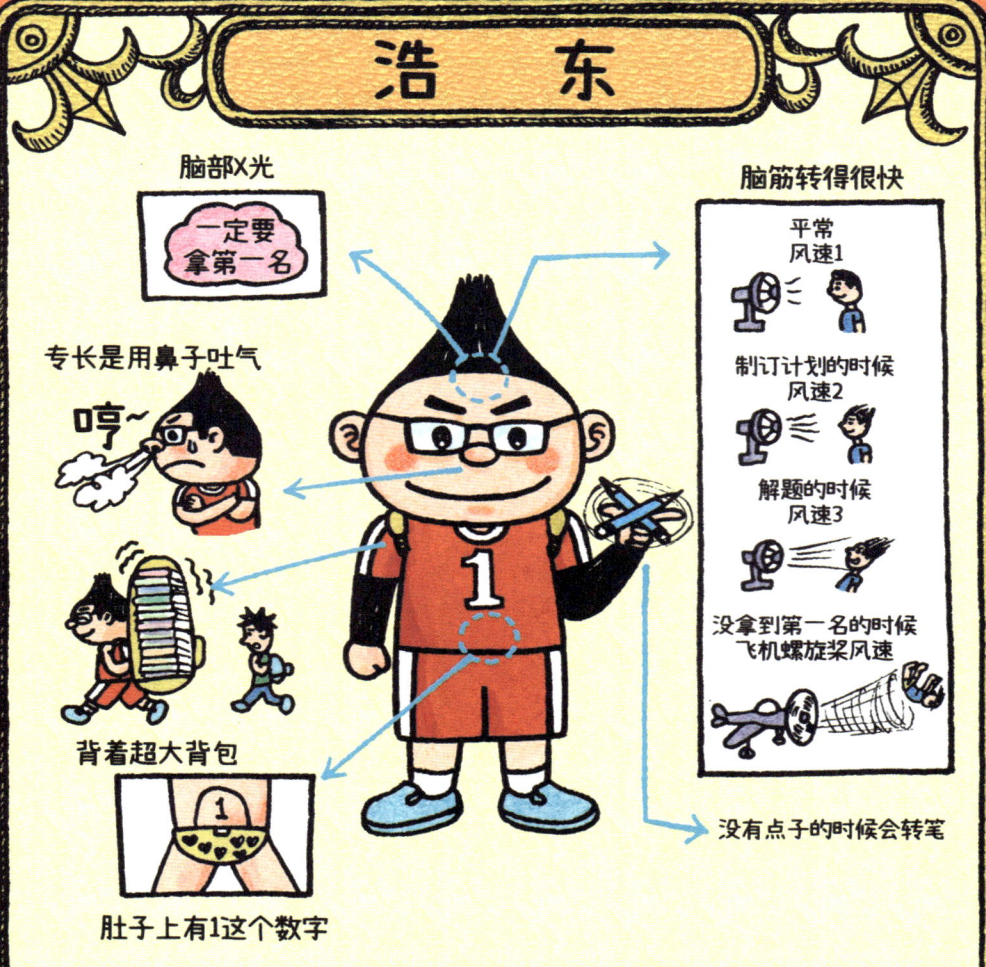

不仅学习成绩好，还很擅长运动。
用一句话来说，就是个无所不能的完美小孩。
一直担任班长的浩东，竟遇到了令人意外的对手。
浩东的对手灿浩，除了擅长倾听同学们说话，
其他什么都不厉害！
不行！绝对不能失去班长这个位子！
某天，在浩东面前，出现了一个奇怪的游戏，
叫作《奇妙的人文冒险·战争篇》，这到底是什么样的游戏呢？

目 录

1. 进入游戏 1

2. 游戏任务 13

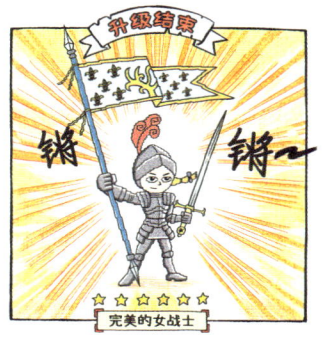

3. 任务完成 22

4. 国王奇怪的举动 29

5. 营救贞德 37

6. 贞德的愿望 45

7. 游戏结束 53

守护天使的人文课程

伟大历史人物的小传 64

世界战争小史 70

培养思维能力的人文科学 83

关于贞德与战争的历史,你了解多少?

扫码激活这本书
获取你的专属福利

- 圣女贞德是哪个国家的民族女英雄?(　　)

  A. 英国

  B. 法国

  C. 俄国

  D. 美国

扫码获取全部测试题及答案
来奇妙的人文世界一探究竟

- 马拉松长跑运动项目与哪次战争有关?(　　)

  A. 百年战争

  B. 第一次世界大战

  C. 希波战争

  D. 十字军东征

- 在现今世界,战争依然在许多国家之间或国家内部爆发。这是真的吗?(　　)

  A. 真

  B. 假

扫描左侧二维码查看本书更多测试题

1. 进入游戏

走在去学校的路上,浩东的脚步很沉重。

"万一班长的位子被抢走,我该怎么办?"

今天是浩东班上选班长的日子,浩东从来没有失去过班长的位子。有比学习成绩全年级第一且又擅长运动的浩东,更适合当班长的人吗?

"浩东,提名班长人选的时候,我一定会第一个推荐你!"

"既然好朋友善宇都承诺会提名我,这次班长选举的结果已经很明显了,嘿嘿。"但这只是在灿浩成为班长候选人之前浩东的想法。

一想到灿浩,浩东就觉得胸口闷闷的。

"灿浩!都是那小子害的!"

灿浩是去年转学到浩东班上的,他在女生中很受欢迎,因此成为班长候选人中浩东强有力的竞争对手。灿浩总是笑脸迎人,认真倾听其他同学们说话,加上他特有的亲切语气,男生们也很喜欢他。或许是因为太有人气，班上开始出现一些不寻常的意见。

"如果灿浩能当我们班的班长就好了。"

"没错，灿浩是会认真听别人说话的人。他一定能好好带领我们班的。"

浩东对此不以为然："什么班长！灿浩可是从来没有当过班长的人。他不仅学习成绩不够好，还身体虚弱，不擅长运动。那种人凭什么当班长！他以为班长是谁都能当的吗？"

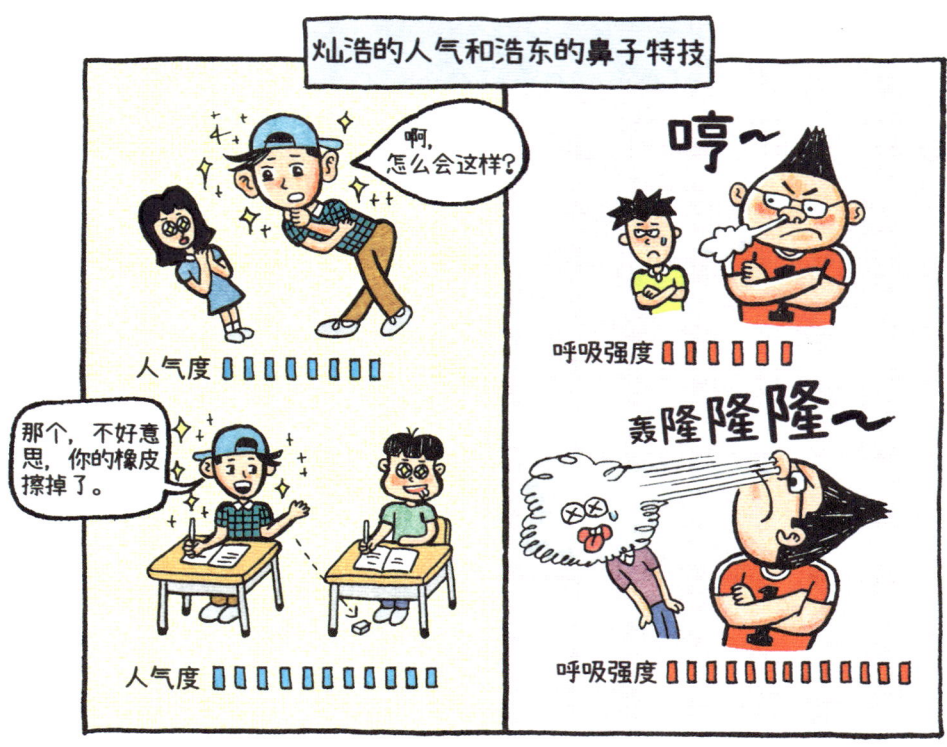

1. 进入游戏

但浩东现在还不能掉以轻心。选班长的日子就快到了，班上的同学们已经因为这次的班长竞选分成了两派，分别是浩东派和灿浩派。

"班长还是要浩东来当。他不但学习成绩好，而且每年都当班长，已经有很多经验了。"

"当班长跟学习成绩好不好有什么关系啊？只要有机会，谁都可以当班长。要有当班长的机会才会有经验啊！所以这次就给灿浩一个机会吧！会倾听朋友说话又很有想法的灿浩，一定能成为很棒的班长。"

"居然要我放弃班长的位子！"这是浩东无法想象的事情，班长的位子可是他的自尊心和身份的象征。

想到这里，浩东生气地握紧拳头。

"班长的位子是我的！那个瘦皮猴灿浩居然敢贪图我的位子！不能被他抢走！绝对不行！"

班上的浩东派与灿浩派之间的对立越来越激烈。这天，终于到了决胜的选举日。

丁零——

最后一节课的铃声响了，也就表示终于到了选举班长的时候了。由于竞争激烈，从提名开始，两派的气势就不相上下。

答应提名浩东的善宇紧握住拳头，怒视着要提名灿浩的世雅。

"我一定要比世雅先举手,然后提名浩东。"

但是,事情的进展却并未像他想的那样。因为太过紧张,善宇比世雅慢了一步。

一听到老师要大家提名候选人,世雅马上就举手了:"我想提名亲切又有想法的灿浩!"

浩东心里一沉:"从提名候选人就落后了,真不吉利!再这样下去,要是真的让灿浩当上班长的话怎么办?"

浩东无法想象自己可能会输给灿浩,他现在的心情就像是上战场前的士兵。

"这是战争!战争需要作战计划。没错!我必须制订作战计划。要怎么做才能赢灿浩呢?"

浩东刚好想到一个好主意,就突然举起手大声地说:"老师,要成为候选人也应该需要条件吧?这

是要负责我们班事情的职位，我认为至少要符合一定的条件。"

听到浩东的话，老师露出了惊讶的表情，问道："条件？需要什么条件？"

"我认为班长候选人的成绩至少要在全班前十名以内，最好还是领奖领过两次以上的人。班长不是代表我们班的人吗？所以我认为至少要符合这些条件，才有资格当班长候选人。"

此话一出，教室里欢呼声和嘘声四起，一片混乱。浩东派的同学们喊着"没错！"；而灿浩派的同学们则高喊着"这不像话！"，并不断发出嘘声。

因为学生们的激烈反应，老师的表情变得很严肃。为了让大家冷静，老师开口说："我认为应该不需要那些条件，但你们的意见也很重要，赞同浩东意见的同学们也有

奇妙的人文冒险　圣女贞德最后的心愿

一定的人数，老师会再想想看，所以班长选举就先延后一天。大家各自认真思考后，明天再讨论和做决定吧！"

浩东的作战计划似乎奏效了。"呼！"他安心地松了一口气。

"争取到时间了！我要趁这段时间想想看，要怎么样才能让同学们都成为我这边的人！没有能一次摧毁灿浩那小子形象的好方法吗？"

浩东左思右想，突然想到了电子游戏。

"啊哈！就让我在游戏里找方法吧！"

浩东喜欢玩游戏，最喜欢的就是玩战争游戏。那可是需要制订各种作战计划，再进行激烈战斗的游戏，就像浩东现在的情况一样。在战争游戏里，会不会有能克服这次危机的惊人作战计划呢？

浩东一回到家，就冲到房间里的游戏机前。一打开游戏机，就看到屏幕上跳出新游戏的广告窗口。

"这是什么？"

光是看名字就让人觉得很奇怪的游戏，一下子就吸引了浩东的目光。这游戏好像能让自己因灿浩而累积的压力，一口气烟消云散似的，因此浩东迅速地玩起了新游戏。

这款游戏从一开始就很吸引人。游戏以欧洲的古堡为背景，好像是在讲中世纪法国军队与英国军队之间展开的激烈战争。游戏的介绍文字也非常引人注目。

1. 进入游戏

"哇！居然有这种战争？叫作'百年战争'？"

法国军队与英国军队出现在画面里，两边军队的刀刃闪闪发光。战争一触即发！怒视着对方的士兵之间突然出现一个有翅膀，好像是天使的角色。这个像是天使的角色对着屏幕外的浩东说："我是人文冒险之旅的向导，也是开始这个游戏的守护天使。如果想要开始游戏，必须先选择你想要见到的人物。请点击你想要见到的人物的照片，游戏立刻开始。游戏规则很简单的！"

配合这个向导的说明，游戏规则出现在画面中。

奇妙的人文冒险 圣女贞德最后的心愿

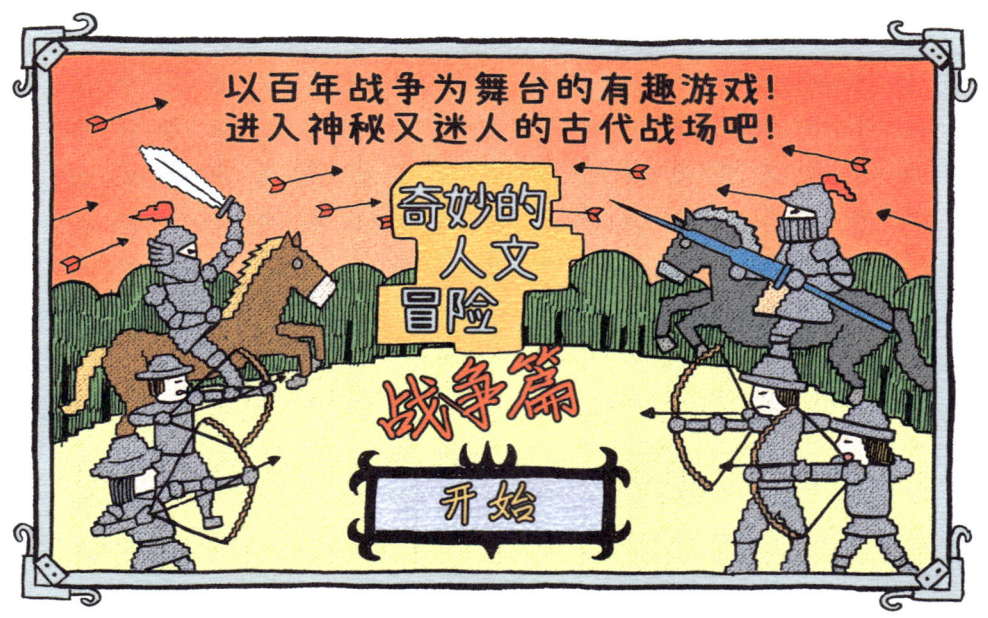

"哇！居然有这种游戏！这和我之前玩过的电子游戏完全不一样！我一定可以在这个游戏里找到解决问题的点子。"浩东发出欢呼声。

游戏规则消失后，守护天使再次出现在屏幕画面中。

"完成两项任务之后，你就可以回到这里！"

回到这里？

游戏不是在房间里玩就可以了吗？

是要回到哪里？正当浩东摸不着头脑时，画面中跳出游戏人物的名称和介绍，分别是"贞德""查理王子""博垂库尔"这三位人物。

1. 进入游戏

浩东的目光被贞德这个角色的描述吸引住了。

"这人是英雄？那应该很帅。我要选贞德！"

浩东毫不犹豫地选择贞德后点击按钮。

谁知瞬间发生了令人意想不到的事：屏幕画面变得像水波一样，不停地晃动，浩东的手嗖地被拉进画面里，接着手臂、身体，甚至连脚都被吸进游戏里去。

"啊啊！这是什么？"

奇妙的人文冒险　圣女贞德最后的心愿

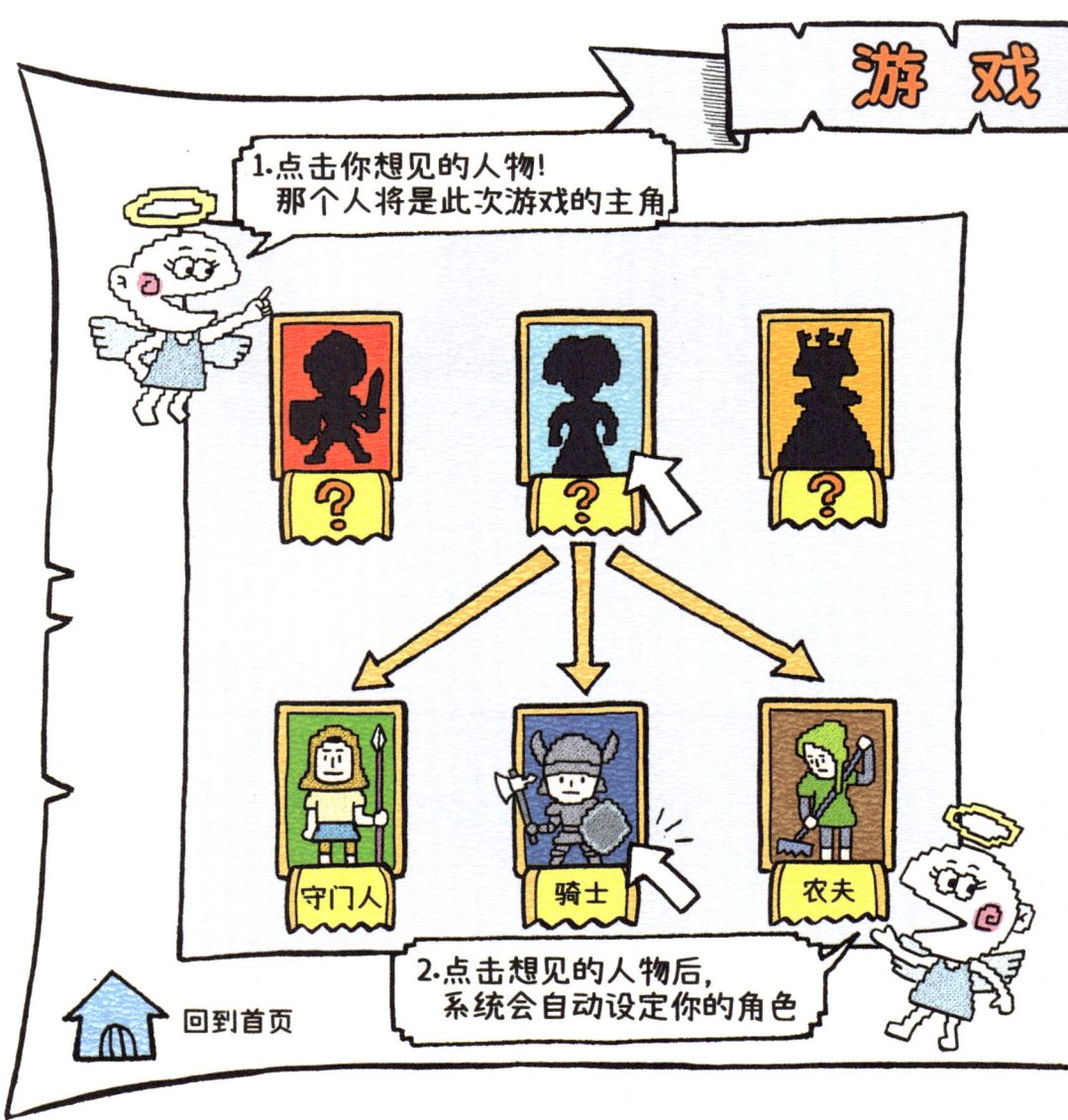

1. 进入游戏

11

奇妙的人文冒险　圣女贞德最后的心愿

这突如其来的状况让浩东不知所措。在犹如烟雾般灰蒙蒙的空间中，传来了守护天使的声音："我在你的口袋里放了一个特别的游戏机，那是个人专用的游戏机，用来检查你的任务执行状况。每次完成任务，游戏机就会发出红光。游戏过程中你可以更换一次担任的角色。如果想要更换角色，按下游戏机的黄色按钮就可以了。请记住，更换角色的机会只有一次，而且更换角色的按钮是'黄色'按钮！"

2. 游戏任务

"浩东骑士！快点起来！没时间在这里打瞌睡了。"

有个人抓住浩东的肩膀并用力摇晃。好不容易睁开眼睛的浩东发现眼前站着一名陌生青年。那个青年的样貌十分奇怪，他穿着像是只有在电影里才能看到的中世纪骑士服，手还举着长矛站在那里。

"这个人是谁？这里究竟是哪里？"浩东非常纳闷。

"贞德要前往查理王子所在的希农城。而我们要做的事情是什么呢？就是保护贞德，让她安全抵达希农城。你马上起来！"青年催促着浩东。

虽然浩东在青年的催促之下起来了，但他还是无法集中精神。希农城是什么？贞德又是谁？

奇怪的事还不止于此。

"这……这是什么？"

还没明白发生了什么，浩东发现自己身上居然也穿着一件

奇妙的人文冒险　圣女贞德最后的心愿

和青年一样的骑士服装，甚至右手还握着长刀。

浩东恍然大悟。

"看来我是在游戏里！"

弄清是怎么回事后，浩东的表情变得明朗了起来，他想起了守护天使告诉他的第二项游戏规则……

> 点击想见的人物后，系统会自动设定你的角色

"太好了！这就是我扮演的角色啊！将贞德顺利护送到城里的骑士！虽然不知道是怎么回事，但是帮助我所选择的贞德完成任务，就是我在游戏里要做的事。啊，居然有这么好玩的游戏！"

浩东握紧双拳。

"好！我要好好扮演我的角色！"

浩东打起精神观察着周围。最先映入眼帘的是青年后方的两个人，一个是看起来很稳重的男子，另一个看起来像是十几岁的少年。那两人中间还有一匹帅气的马。

"哈！不是说贞德是百年战争的英雄吗？看来那个男人就是贞德！"

2. 游戏任务

浩东急忙跑到男子的身边。

"现在贞德一定是要骑马了,我要帮他骑上马才行。"

但这又是怎么回事?骑上马的人不是男子,而是那名少年。虽然穿着盔甲、戴着头盔,但是少年有着稚嫩的脸庞,看起来还很年轻。该不会这位少年就是百年战争的英雄贞德吧?

被浩东误会是贞德的男子,在协助少年上马时说:"贞德,但愿你能顺利抵达希农城和王子见面,告诉他你的想法。我会向上天祈祷的。"

少年露出微笑回答:"博垂库尔指挥官,请别担心。我一定会见到王子。"

此时又发生了让浩东感到惊讶的事。那声音是?

"竟然不是男生,而是女生!"

那个声音很明显是女生的声音。仔细观看少年的样子,她不仅脸蛋白皙,还有一头金色的长发,红润的两颊之间还有丰厚的红唇。原来贞德不是少男而是位少女。

青年骑士向不知所措的浩东说:"连身为军队指挥官的博垂库尔都挺身帮忙了,我们必须要好好做才行。我们赶紧护送贞德到希农城吧!"

贞德身旁还有几名骑士,一行人全都要护送贞德前往希农城。

"出发!前往希农城!"

在高喊声中,贞德的马开始奔驰,浩东与骑士们则一起跟随在后。

"希农城是哪里?为什么贞德要去见王子?"

浩东的脑袋里充满疑问,但他仍乖乖地跟着队伍一起前进。

离开村庄后,他们一行人走上了安静又偏僻的山路。走了

2. 游戏任务

一阵子后，贞德在树林里让马停下。

"在这里休息一下吧。"

下马后的贞德坐在大树的树荫下，浩东也迅速走到树荫下。他再也忍不住内心的好奇，向贞德开口问道："贞德，你为什么要去希农城呢？"

打开水壶的贞德呆呆地看着浩东说："是第一次见到的小骑士啊！你累了吧？喝点水吧！"

浩东刚好觉得口渴，他立刻接过水壶，咕咚咕咚喝下了水，凉爽的水就像糖水一样甘甜。浩东将水壶还给贞德，贞德也喝了一口水，接着温和地说："这件事说来话长，其实我是收到了天使的启示。"

浩东睁大双眼。难道贞德也跟浩东一样，见到了守护天使吗？

"姐姐你也见过守护天使吗？那只是游戏角色而已啦！"

贞德嘴角上扬并露出微笑，接着，她把自己收到天使启示的过程讲给了浩东。

"噗！"浩东听到后大笑了起来。光是遇到天使这件事就很难让人相信了，更何况天使是要一位十几岁的少女去带领法国军队！无论是谁听到都会觉得好笑的。

但贞德的表情却相当坚定，她继续说道："一开始所有人都像你这样嘲笑我，也常听到别人说我是脑子有问题。但是在我真

17

奇妙的人文冒险 圣女贞德最后的心愿

实传达天使的话之后,村民们也开始相信我说的话,甚至连骑士们都挺身而出,说会带我到希农城。只有见到在希农城的王子,我才能取得指挥士兵的资格。"

这时,浩东才真正明白眼前的情况和自己担任的角色。贞德因为收到天使的启示而站出来,必须在这场战争中带领法国军

2. 游戏任务

队取得胜利！为了帮助贞德完成这件事，浩东扮演的角色就是护送贞德到希农城的其中一名骑士。

但前往希农城的路并不好走，既漫长又危险的山路好像怎么走都走不到尽头。

"哎呀！好累！"浩东累得上气不接下气。但是贞德和其他骑士完全没有表现出疲惫的样子。骑士们反而都很开心，很兴奋。

奇妙的人文冒险　圣女贞德最后的心愿

"只要贞德能获得王子的认可，便可以带领我们法国军队迎战英国。这样法国军队就一定能获得胜利！"

"对！对！贞德是谁？她可是收到天使启示的特别之人。从古至今，大家都说收到天使启示的人拥有特殊的能力。贞德一定会带领我们获得这场战争的胜利。"

浩东好像可以理解骑士们的想法。

"贞德姐姐简直就像是胜利女神一样的存在。"

通常游戏中都会有个拥有特殊能力的角色，那个角色会成为英雄，并且带领游戏走向胜利。

在这次的百年战争游戏中，那个特别的角色就是像"胜利女神"一样的贞德。

贞德是会成为英雄的少女战士！以战争游戏的角色来说，她是最棒的。

在游戏过程中，必须达成的任务就是"希农城王子的认可"。那么，一定要带贞德到希农城，成功获得王子的认可才行。

浩东慢慢靠到贞德身边，自信满满地说："贞德姐姐！请别担心，我一定会帮助姐姐完成任务的。"

浩东因为对之后的游戏感到期待，心脏怦怦乱跳。

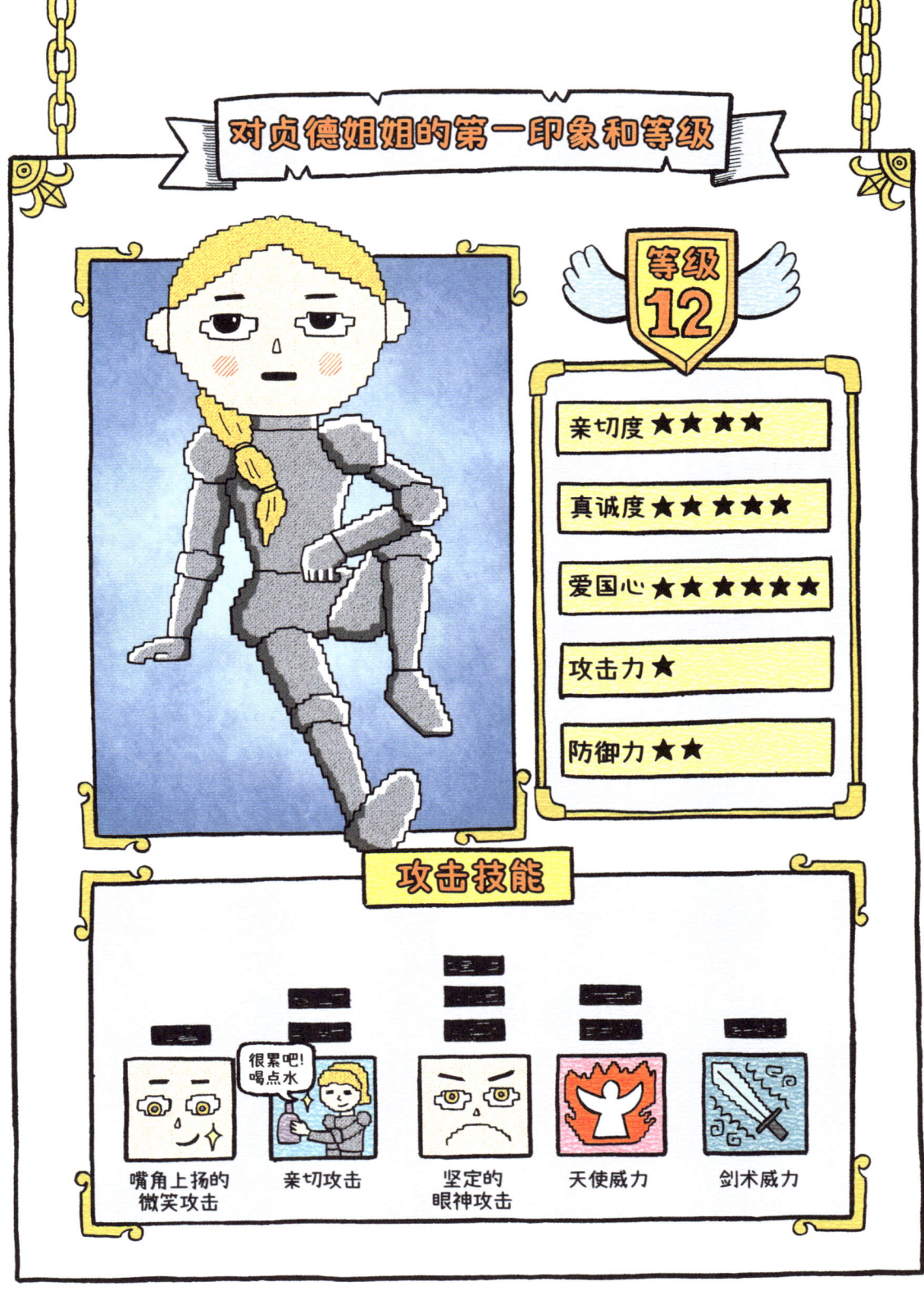

3. 任务完成

　　希农城内有座既巨大又雄伟的城堡。站在高大的城门前，浩东不禁感到害怕，但是贞德却一点儿也不畏惧。

　　"请开门！我是来拜见王子的！"

　　贞德的声音里没有流露出一丝动摇或恐惧。

　　"吱——"笨重的城门被打开时，发出了巨大的声音。开门的守卫面露好奇地问骑士们："那位少女是贞德吗？就是那位收到天使启示的人？"

　　"你怎么会知道？"

　　"消息已经传得沸沸扬扬了，听说东雷米村有一名叫贞德的少女，收到了天使的启示。现在那名少女正在前往希农城的路上，我们的王子很想知道贞德是不是真的听到了天使的启示，很早之前就在等待她的到来了。"

　　听到守卫的话，骑士们就像是获得了力量，挺起了胸膛。

　　"快点儿进去吧！"

3. 任务完成

一进入城里，巨大的城堡出现在眼前。一名男子突然现身，从他的穿着打扮来看，应该是王子的臣子。男子郑重地向我们行礼问好后，挥手说道："请到城堡里的接见大厅与王子会面，往这边走。"

虽然到希农城的路遥远又险恶，但到了城里后，所有的事情反而都进行得很顺利。如果事情可以一直这么顺利的话，要获得王子的许可简直是易如反掌。

贞德进入宽广又华丽的接见大厅，浩东和其他骑士也跟在她后面。

接见大厅里站满了人。尽管如此，还是可以一眼就认出谁是王子，因为任谁来看都会知道，站在众多臣子之中，衣着最华丽、头戴王冠的那名男子就是王子。

"向王子殿下行礼！"

听到刚刚那名男子所说的话，骑士们便纷纷走到王子身旁，单膝跪地表达敬意。

浩东突然停下来，觉得事情有点奇怪。

"好奇怪！所有的事情都进行得太顺利了。一般来说，玩游戏时，在这种时刻应该会出现陷阱吧！"

浩东想起之前守卫说过的话。

"'我们的王子很想知道贞德是不是真的听到了天使的启示，很早之前就在等待她的到来了。'既然他这么说的话，那也就是说，王子可能已经想出了能测试贞德的话是真是假的方法。那么……"

浩东急忙在贞德耳边低声地说："姐姐，这很明显就是个陷阱。事情不可能进行得这么顺利，请仔细观察！"

贞德露出笑容，说道："我知道！现在这个行礼问候就是个陷阱。"

"嗯？这是什么意思？"

贞德背对着搞不清楚状况的浩东，挺起胸膛走向前方。

但是贞德走的方向有点奇怪，她避开王子，走向臣子之中衣着最破旧的人。

"哎呀！贞德姐姐好像认错人了。怎么办？"

贞德在看起来最不像王子的人面前单膝下跪，郑重地向他行礼。

3. 任务完成

"查理王子殿下，我是因为得到天使启示而来到这里的贞德。请赐给我士兵，让我能遵循上天的启示。我会上战场打败敌人，拯救百姓和国家。"

浩东发出叹息："哎呀呀！看来没办法获得王子的认可了。王子殿下一定很生气。"

"哈哈哈！"

原本以为接见大厅会充满王子可怕的斥责声，没想到反而传出了爽朗的笑声。

那位穿着老旧衣服、接受贞德行礼的男子豪迈地笑着。男子的眼神和衣着打扮不同，眼睛炯炯有神，显露着高贵的气质。

"看来你收到天使启示的传闻是真的。居然一眼就认出我来了！"

这下浩东差点惊掉了下巴。

"那个人居然是王子！"

原本穿着华丽服装的假王子急忙脱下衣服，帮真的王子穿上。

"看来贞德姐姐真的有特殊能力。她是怎么察觉到那个人就是王子的呢？难道她真的收到了天使的启示吗？"

浩东看着贞德，贞德的眼睛闪闪发亮。接见大厅里的臣子们看起来也和浩东有一样的想法，他们看向贞德的目光里都流露着惊讶与敬意。

奇妙的人文冒险 圣女贞德最后的心愿

查理王子的表情更为惊讶。上天为了法国的胜利,送来了贞德这样特别的人物,王子似乎对此十分感激。

王子对着贞德喊道:"我要将法国军队的指挥权赐给收到上天旨意的贞德!贞德你前去拯救国家吧!"

王子也吩咐臣子准备特别的礼物。

"我要赐给贞德特殊的盔甲。穿上这身盔甲,在战争中取得胜利吧!"

"哇!好帅!"浩东发出欢呼声。

这时浩东的裤子口袋开始晃动,口袋里有东西在震动。

"啊!游戏机!"

游戏机的画面发出红光,红光中出现了白色的字。

> 恭喜你完成了游戏的第一个任务

浩东露出微笑,但他也想到了还有第二个任务。

> 任务2
> 帮助主角实现愿望!

"好!第二个任务也要好好地完成!我有信心!"

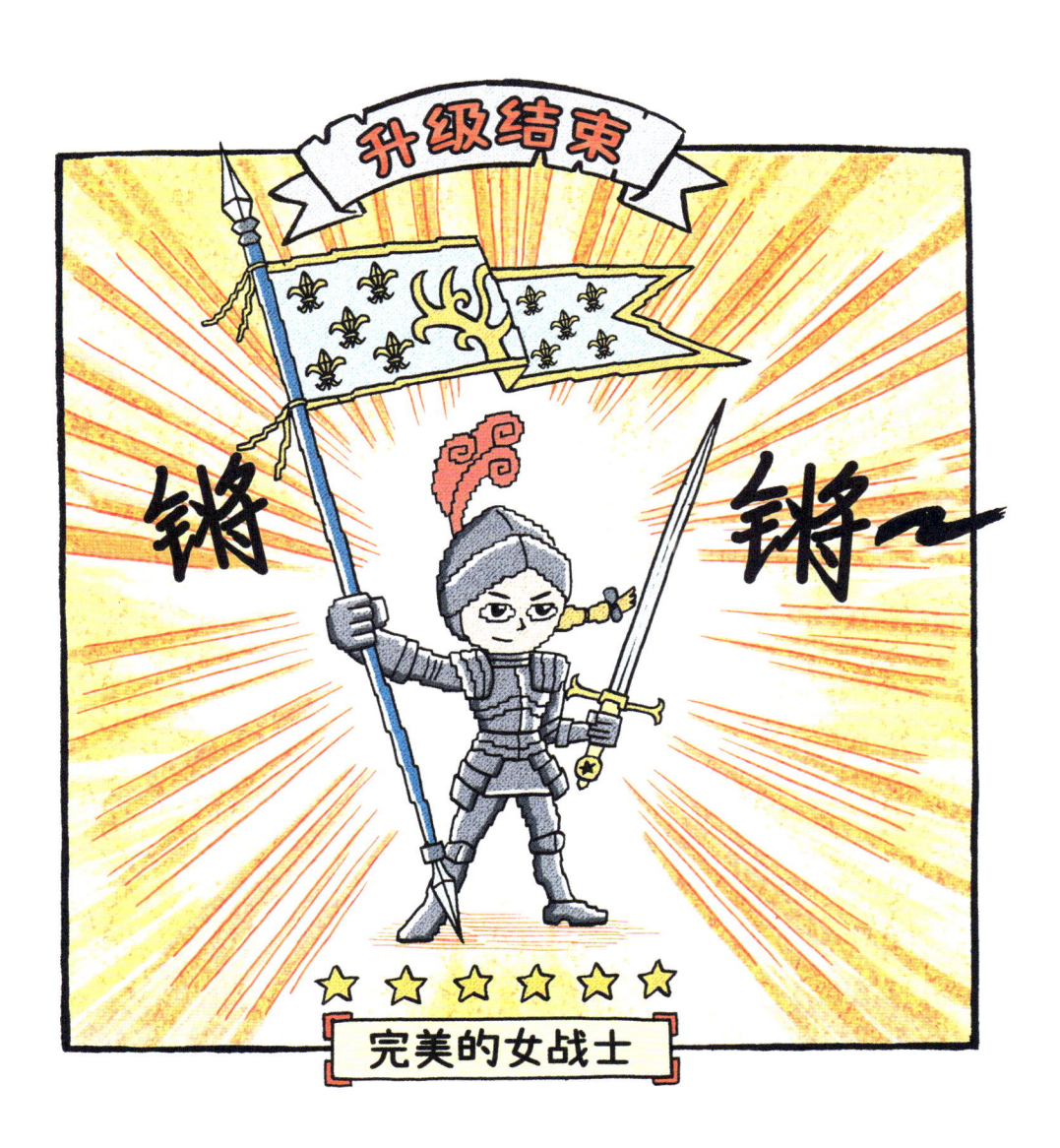

奇妙的人文冒险 圣女贞德最后的心愿

4. 国王奇怪的举动

贞德很快就收到了出征的命令。

"贞德，现在就带领军队前往战场！相信以你的能力，再加上我们法国军队的勇猛，一定能击溃敌军，赢得胜利！"

"是，我会执行王子殿下的命令。"

贞德威风凛凛地指挥着法国军队，浩东也很开心。

"我也要上战场，像骑士一样英勇地战斗。嘻嘻嘻！"浩东左右挥舞着大刀，并喊道："放马过来！我的名字是浩东骑士！我来对付你们！"

但浩东的希望很快就破灭了，贞德站出来阻止了浩东。

"你还太年轻，不能上战场，所以你待在这里等着我回来。"

浩东觉得非常失望。

"不要！我也要去！"

面对浩东的要求，贞德的态度还是很坚定，并没有丝毫的动摇。

奇妙的人文冒险　圣女贞德最后的心愿

"你看看其他的士兵,所有人的身高和体格都是你的两倍以上,敌军也是如此。面对那样的敌人,你有办法好好挥刀吗?你可能很快就会受伤,倒在敌军的刀刃之下。要等到你再长高一点儿,才能上战场。"

听到贞德说的话,浩东全身发抖。如果真的被敌人锋利的刀砍到的话……

"呃呃呃……"

"你留在希农城等我,我会消灭敌军,带着胜利的消息回来的,到时候再一起开庆祝派对吧!"

4. 国王奇怪的举动

贞德自信满满地笑着。

即将离开希农城的贞德与法国军队，模样既威风又帅气。浩东在城门前为贞德送行。

"贞德姐姐！一定要取得胜利后回来！"

虽然浩东独自留了下来，但在希农城的生活也不错，这多亏了王子的特别照顾。

王子对底下的臣子与奴仆说道："好好照顾浩东骑士！"

浩东从未体验过皇宫的生活，他觉得这里的一切都很新奇，和士兵们练习武术很有趣，探索城堡里的各个地方也很好玩。浩东每天也在期待传令兵所传来的战况消息："由贞德带领的我军

奇妙的人文冒险　圣女贞德最后的心愿

驱逐了英国军队，即将前去征服其他的城市！"

传令兵的话很快就会传到查理王子的耳朵里，每到这种日子，心情变好的王子和城里的人就会更加热情地招待浩东。

"嘻嘻！都是托贞德姐姐的福，我才能享受到这些。"

贞德逐渐成为法国人民的"胜利女神"与"幸运女神"。据说收到天使启示的贞德，光是出现在法国军队面前，就能让法国士兵们获得力量。士兵们因为贞德，激发了很大的勇气和自信心，所有人都觉得法国可以获得胜利。

在法国军队胜仗连连期间，查理王子举办了加冕仪式，正式登基成为法国国王查理七世。

另外，因为到处都流传着贞德收到天使启示的传闻，所以英国军队只要看到贞德就会丧失斗志。

没过多久，城里开始流传着这样的传闻："战争好像要结束了。听说持续打败仗的敌军要求进行和平协商了啊！"

"在和平协商后会签订和平协议，所谓的和平协议是为了结束战争、恢复和平而签订的协定。看来战争快要结束了。"

"如果战争结束，贞德姐姐也会回来吧？"浩东感到很兴奋，"姐姐回来后应该会获得很大的奖赏吧？姐姐，快点儿回来吧！"

但是不管他怎么等待，贞德都没有回来，只有关于贞德的奇怪传闻传回城里。

"陛下，听说贞德还在苏瓦松打仗。但是在那里的战斗时间

4. 国王奇怪的举动

越拖越长，这样就很难保证会取得胜利。她请求我们立即增派士兵到那里。这该如何是好？"

听到传令兵传达的消息，查理七世露出了严肃的表情。或许贞德正在打签订和平协议前的最后一场战役，所以即使是一块不大的土地，或仅是一名普通的国民，也想要争取。贞德带领法国军队很明显是还在为此努力着，他们或许正是因为相信查理七世马上就会增派援兵，才一直不肯撤退。

但查理七世点了几次头后，便什么话也没说了。焦急的浩东缠着查理七世问道："陛下，贞德姐姐可能会有危险。请您赶快增派援兵。"

站在查理七世身旁的传令兵急忙捂住浩东的嘴巴。

"你这家伙！竟敢催促陛下！你想死吗？马上出去！"

被传令兵拖出来的浩东感到疑惑。

"陛下到底为什么不下命令呢？"

一名守卫看着浩东，不以为然地说："看来你完全不了解现在的状况。陛下是绝对不会派士兵过去的。"

"这是什么意思？"

"现在战争就快结束了。但是比起陛下，百姓们更喜欢贞德，还说她是拯救国家的英雄呢！如果贞德回到城里，人们就会想着追随贞德，而不是查理七世陛下。那么，陛下的心情又会如何呢？比自己更受崇拜的贞德会让他很有压力，说不定陛下希望

奇妙的人文冒险　圣女贞德最后的心愿

4. 国王奇怪的举动

贞德被敌人抓走呢！"

天哪！浩东的心重重往下一沉。

"这不像话，陛下不可能会那样。"

但士兵的话成真了。查理七世没有增派援兵，最后传来了不幸的消息。

"陛下，贞德被敌人抓走成为俘虏了。"

因为贞德的消息，希农城内吵得沸沸扬扬。

"听说贞德被关在监狱里。"

"如果不马上去救她，她很快就会被处死的！"

浩东对着人们大喊："不行！贞德姐姐为了法国，赌上自己的生命去战斗。这样的人怎么可以死掉！不能坐视不管啊！"

但是查理七世不为所动，根本没有其他方法。看不下去的浩东握紧双拳，下定决心要救出贞德姐姐。

浩东就这样跑出城，开始沿着眼前的路奔跑。

但要往哪里跑呢？要怎么做才能救出贞德呢？浩东感到很茫然。

烦恼的浩东想起守护天使说过的话："你可以更换一次担任的角色。如果想要更换角色，按下游戏机的黄色按钮就可以了。"

浩东拍了下大腿。

"我有游戏机呀！"

浩东急忙拿出游戏机，按下了黄色按钮，说明的文字出现

奇妙的人文冒险　圣女贞德最后的心愿

在屏幕上：

要更换成什么角色才能去到贞德所在的地方呢？烦恼了好一阵子，浩东用手指在画面上写下这几个字……

"看守贞德的监狱士兵。"

一瞬间，浩东感觉到自己的身体又再次被卷向某处……

5. 营救贞德

"这是哪里呀？"

浩东睁开眼后看向四周，他看到一栋又高大又阴森的房子，漆黑的高墙和铁窗说明了一切。

"是监狱！我应该是来到了贞德姐姐所在的监狱。"

有个人叫了浩东。

"喂！交班时间到了。换你去看守关贞德的那间牢房！"

一位士兵从监狱里走出来，并把手中的矛交给浩东。原来浩东成功更换了角色，变成看守拘禁贞德的监狱士兵了！

浩东收下矛后，开始环顾起监狱四周的景象。监狱周围看起来像是一般百姓所居住的村庄，村庄的景象看起来很凄惨。建筑物几乎都倒了，孩子们正在着火的房子前哭泣；街道上四处布满鲜血，无数的人倒在地上。

"战役一直打到昨天，能毫发无损活下来的人应该不多。"将矛交给浩东的士兵边走边这么说。

浩东感到惊慌失措。玩战争游戏时只会想象到激烈的战斗场面，他不曾想象过人们居住的村庄会成为战场，也从未担心过住在那里的人们。

"游戏里的战场上只有英勇的士兵，没有这样的场景啊……"
那么游戏中体验到的战争是假的吗？

浩东想起曾在电视上看过的难民。这些难民为了躲避每天从天而降的炸弹而失去家园，有些难民甚至需要渡海才能顺利抵达安全的地方。但这些难民可能在渡海途中遭遇风浪，掉入海中丧命，也有可能被无情的子弹击中。

那天一起看电视的爸爸这么说："战争真的很可怕。希望不要再发生这种事了。"

"爸爸，为什么会发生战争？"

听到浩东突如其来的问题，爸爸说了这样的话："每个人都有自己想要的东西，而且很多人不想与人分享。为了占据更多想要的东西，人们互相争夺，于是产生了冲突，结果最后就演变成战争了。以前各个部落是为了占据更多土地或粮食而发动战争。但现在随着国家和人口的增加，人与人之间的关系也变得复杂了，所以发生战争的理由也变得更多、更复杂。但最根本的原因其实都是一样的，那就是人类的贪婪与自私！我认为这才是最大的问题。"想起爸爸的话，浩东点了点头。现在游戏中仍在持续的百年战争，其实也是因为英国和法国为了获得更多土地才暴

5. 营救贞德

奇妙的人文冒险　圣女贞德最后的心愿

发的。查理七世不愿意去救贞德，说不定也是他害怕人民会因为更喜欢贞德，而拥戴她当上国王，这样自己的国王位子就会被抢走。

"大家都只想到自己啊！"

浩东的脸突然因羞愧变得又红又烫。因为他想起班长选举时所发生的事。他曾说要规定班长候选人的资格，完全就是因为自己害怕被灿浩抢走班长的位子而在无理取闹。

"原来，我也和他们一样贪婪又自私。"

5.营救贞德

浩东越是感到惭愧，想救贞德的心就越强烈。他不想看到贞德因为查理七世的贪婪与自私而丧命。

"我得赶快去见贞德姐姐。"

正当浩东加快脚步，走向监狱的时候，他看见监狱周围聚集了许多人，人们叽叽喳喳地交谈着，但他们聊的内容很奇怪。

"贞德真的是女巫吗？"

"听说是啊！法国人连这都不知道，居然还把女巫当成英雄来崇拜。"

浩东吓了一大跳，他挤进了人群中。

"你说什么？"

"虽然贞德说她收到了天使的启示，但听说她其实是收到恶魔的启示。贞德马上就会被处火刑了，因为女巫要用火烧才会死。"

奇妙的人文冒险　圣女贞德最后的心愿

这是什么话，根本就是胡说八道！

"这是诬陷！一定是英国为了杀死贞德姐姐而捏造的故事。他们担心贞德姐姐被放出来后，会再次引领法军取得胜利，所以说姐姐是女巫，想处死她。"

浩东焦急地跑到监狱内。

贞德在最后一间牢房里，浩东看见她蜷缩在既破旧又肮脏的监狱地板上。眼前的景象让人不忍直视，贞德原本耀眼夺目的样子消失得无影无踪，只剩下因为战争和拷问而憔悴的脸庞和消瘦的身躯。

"姐姐！"浩东小声地喊道。

看到浩东，贞德隐藏不住她的惊讶与喜悦。

5. 营救贞德

"是浩东骑士啊！你怎么会来这里？那身装扮又是怎么一回事？你伪装成看守监狱的士兵吗？难道是查理七世国王派你来的？要你来救我？"

浩东摇摇头。

"不是，是我一个人……"

浩东没有继续说出原本想说的话，他不忍心向贞德说出查理七世的事。

"总之我一定会救出姐姐。一定会的！"

但贞德似乎还搞不清楚是怎么一回事，就急切地说："但靠你一个人是救不了我的。陛下派你来应该是想要确认作战的位置吧！别担心！法国军队很快就会来救你和我了。再等一下吧！"

看起来贞德还是很信任查理七世。

浩东只是叹了口气。贞德的模样看起来非常疲惫，浩东在不久前看到的村民，看起来也很疲累。饱受战争的侵扰，不论是村民还是贞德，其实都活得很辛苦，也非常害怕战争。

"战争实在是太残酷了……"

浩东看着贞德的眼神充满深深的惋惜。

"姐姐，如果没有发生战争，你会过着怎么样的生活呢？"

贞德露出灿烂的微笑。

"那……我或许就不会听到天使的启示了，应该会和家人一起过着平凡的生活，时常跟朋友们聊有趣的事，在小巷里玩捉迷藏……"

似乎是想起了故乡，贞德的眼神变得有些迷茫。思念故乡的贞德，好像开始做起了回到故乡的梦，眼神变得既幸福又平静。

看着那样的贞德，浩东觉得很心疼。

"好！我一定会送姐姐回故乡！我一定会救出姐姐的！"

6. 贞德的愿望

办法只有一个。

"逃走!没错,除了逃狱再回到故乡,没有其他办法了。只有这样,贞德姐姐才能活下去。"

但浩东并没有可以打开监狱门的钥匙。该怎么办才好?他透过铁栏杆慢慢观察监狱,眼睛突然一亮。

"就是那个!窗户!"

虽然是有铁栏杆的窗户,但能通到外面的方法看起来就只有这个。幸好铁栏杆因老旧而生锈了。

浩东在贞德耳边说悄悄话。

"姐姐,我把风,你去破坏窗户的铁栏杆。因为已经很老旧了,只要用力拉扯几次,栏杆就会掉了。"

贞德马上就听懂浩东说的话。

"好!我会试试看!"

贞德想到只要逃离这里就能回到故乡,顿时产生了力量。

奇妙的人文冒险 圣女贞德最后的心愿

贞德不断用力拉扯、踢栏杆，幸好铁栏杆比想象中还要老旧。拉扯了没几下，沾满灰尘的铁栏杆就掉了。

"好了！"

这时正好是深夜，不用太担心会被发现。确认其他看守监狱的士兵都在睡觉后，浩东急忙催促贞德："姐姐，快点儿穿过窗户，直接逃跑就可以了。姐姐顺利从监狱出去后，我也会跟上的。"

"我知道了。"

贞德深呼吸，想让紧张的心情镇定下来，她双手用力，然后将周围的东西叠在一起充当梯子，用尽全力爬出窗户。

咚！贞德摔到地上时发出了声音。

"成功了！"

6.贞德的愿望

浩东的心怦怦乱跳。

"贞德姐姐毫发无损地穿过窗户了吗?天色那么黑,应该不会被发现吧?姐姐能找到回故乡的路吗?"

许多的担心在浩东脑海里不断盘旋着。

但过了没多久,他就听到了叫喊声。

"是贞德!贞德逃跑了!赶快抓住她!"

浩东担心的事情还是发生了。

"怎么办?"

浩东急急忙忙地向监狱外跑去。黑暗之中,许多火把被高举晃动着,火光映照出被绳子绑住的贞德。英国军队可能是为了防止贞德逃跑,所以早就在监狱外面安排好士兵驻守了。

看见浩东的某个士兵也大喊:"也抓住那家伙!他跟贞德是同伙!"

"这家伙一定是法国的间谍！把他也一起关进去！"

结果，浩东也被关进了监狱。

雪上加霜的是之后传来的可怕消息。

"明天早上要执行火刑。今晚是你们的最后一夜，快好好跟世界道别吧！"

从士兵那里听到这些话，浩东吓得全身不停地发抖。

因为这个令人无法置信的坏消息，监狱里只剩下沉默，贞德和浩东都不知道该说什么。

过了一段时间后，有一名陌生老人来找贞德。拿着《圣经》的老人先自我介绍，说他是科雄主教。主教是天主教里地位崇高的神职人员，这点浩东也知道。但为什么地位如此崇高的人要来找贞德呢？

科雄主教用坚决的声音喊道："禁止女巫贞德领圣体和告解圣事！"

贞德脸色变得像白纸一样苍白。

"不行！拜托请让我再做最后一次领圣体和告解圣事。只有这两件事我必须要做。"

贞德急切地将双手合十，悲伤地高喊，比听到要被处火刑时的表情还要惊慌。

浩东不解地歪着头。领圣体和告解圣事是什么？为什么贞德要那么惊慌？

6. 贞德的愿望

复活道具

领圣体 POWER UP

*领圣体：天主教徒为纪念耶稣用自己的血肉救赎世人，便在天主教的祭典——弥撒中，以面包和葡萄酒来象征耶稣的肉与血，当吃下这些东西的时候，就能获得与耶稣合为一体的恩惠

葡萄酒 ＋ 面包 → 复活

告解圣事 POWER UP

*告解圣事：天主教徒透过神父向上帝忏悔所犯的罪，并获得原谅

告解！请至邻近的教会！ → 复活

请注意，如果被科雄主教抢走复活道具，游戏就结束了。

嘻嘻！

不行！

49

这时刚好传来监狱守卫们的谈话内容。

"如果没办法领圣体,就无法得到和耶稣合为一体的恩惠,不能通过告解圣事获得原谅也是一样。对身为天主教徒的贞德而言,没有比这更严重的事了。"

"是啊,就是因为贞德是虔诚的教徒,才会收到天使的启示啊!天主教徒相信,如果不能领圣体和告解圣事的话,死后就会下地狱。比死亡更可怕的就是地狱了……受火刑后又下地狱!真是没有比这更悲惨的事了啊……唉!"

贞德的声音变得更加迫切。

"主教大人,请您收回那句话。请让我能领圣体和告解圣事,这是我最后的愿望了!"

浩东瞬间瞪大双眼。

"愿望?对了!帮助贞德实现愿望是我的第二个任务。那么……"

浩东必须在这游戏中完成的第二项任务,就这样出现了。他得让贞德能够领圣体和告解圣事!

但要怎么做才能让科雄主教回心转意呢?浩东脑中一片混乱。

第二天早上,天色渐渐变亮。等天色更亮一些,就要举行贞德的火刑了。

科雄主教再次出现。

6. 贞德的愿望

"到了预定的时间，就把贞德带来火刑场。"

主教仔细地指挥着士兵，似乎是在为了让火刑能顺利举行而做准备。

主教是贞德的最后一个希望，所以当贞德看见主教时，她用力大喊："拜托！请让我进行最后一次的领圣体和告解圣事。"

对贞德来说，比起火刑，她更担心会坠入地狱。看着那样的贞德，浩东也只能替她感到难过。

主教只是摇摇头："我不能允许女巫做这些事！"

除了把一个正常的人说成是女巫，居然还无视她最后的愿望！浩东感到很愤怒。他想要立刻跑过去责问主教，问他贞德到底做错了什么。但浩东知道，那样做只会让主教更生气而已。越是这种时候，越是需要冷静行动。

浩东镇定地看着主教说："主教大人，贞德姐姐最后的愿望就是领圣体和告解圣事，这件事再过不久，也会传到法国人那里吧？而您不答应让她领圣体和告解圣事，也会传开来的。这么一来，会发生什么事呢？大家应该会觉得您不仅杀害了年幼的少女，还不肯帮助她实现最后的愿望。人们都认为主教您代表神，是个宽宏大量的人。但这样的人居然做出如此残忍的事！大家应该会指责主教吧？他们会说主教您连一点儿慈悲心都没有，并怀疑主教的能力吧？"

这是浩东苦思一整晚才想出来的话。能实现贞德愿望的方

奇妙的人文冒险 圣女贞德最后的心愿

法,似乎就只有这个。果然,浩东从主教的眼神中看出他动摇了。

主教思考了好一阵子,然后叹了一口气后说:"好!我会用慈悲之心答应她实现最后的愿望。"

7. 游戏结束

　　士兵们用绳子绑住浩东，把他拖到街上，他不断望向教会的方向。

　　"姐姐顺利完成领圣体和告解圣事了吗？"

　　绳子勒得很紧，让浩东快喘不过气，但是他根本没有多余的心力去理会这些。

　　"希望姐姐不会出现！"

　　如果贞德的身影出现在这街上，就表示贞德只能被拖向火刑场了。如果贞德在教会里能找到逃跑的机会，那该有多好！

　　但那只是浩东不切实际的愿望。他听见人们的高喊声："是女巫贞德！"

　　然后他看到被士兵们拖来的贞德，赤脚且低着头的贞德看起来很凄惨。

　　"姐姐！姐姐！"浩东悲伤地喊道。

　　贞德抬起头，瞪大了眼睛，她看见立在眼前的火刑台木桩。

她知道那是要用来绑自己的木桩，一瞬间，贞德的眼神不安地闪动着，眼里充满恐惧。

下一刻，浩东听见令人心痛的声音。

"呜呜呜！呜呜！"

这是贞德的哭泣声。贞德在牢里不曾哭过，听到将要被处火刑的可怕消息、被禁止领圣体与告解圣事时，贞德也都没有哭过。但看到木桩后，她才真实感觉到自己即将面临死亡，所以贞德放声痛哭。

那并不是女巫的哭泣，也不是在百年战争中带领法国军队取得胜利的英雄的哭泣，那只是年幼少女悲伤又恐惧的哭泣。

看着贞德的样子，浩东似乎明白了。虽然她是拯救法国的英雄，但事实上，贞德也只不过是一个被战争牺牲的少女罢了。

然而，无知的人们向那样的少女丢着石头。

"是女巫！让女巫受火刑吧！"

人们似乎失去了判断力。连年的战争，使大家都活在恐惧与害怕之中，他们变得麻木且无知。是对战争的恐惧，麻痹了人们的判断力吗？人们现在非常生气，所以才朝着少女胡乱地发泄愤怒。

在这个因为战争才发生的可怕场景前，浩东全身发抖且哭喊着："请救救姐姐！这全都是因为战争！我讨厌战争！"

此时口袋里的游戏机发射出红光，在空中显现红字。

7. 游戏结束

您已顺利完成游戏的第二个结局，恭喜通关，回到原处

7. 游戏结束

接着红光就将浩东的身体团团包裹，浩东眼前也全都被红光渲染成了红色，突然，他嗖地被卷入了某处。

浩东不停地流着眼泪，他在模糊的视线中看见某个发亮的东西。

浩东急忙擦掉眼泪，睁大眼睛。

"回来了！"

房间里的景象跟浩东离开前一样，游戏机画面中的守护天使还是本来的样子。

"战争游戏有趣吗？"

听到守护天使的话，浩东又再次大哭起来。

"不！一点儿也不有趣！太悲伤了。即使是游戏，我也讨厌战争。战争必须从这个世界上消失才行！"

守护天使的嘴角上扬，露出了开心的微笑。

"那就好！现在我们要分开了。"

守护天使轻轻地挥动双手。

屏幕上的画面慢慢变模糊，守护天使也渐渐消失了。在守护天使消失后，游戏画面中出现大大的字幕："GAME OVER（游戏结束）。"

不久后连字幕也消失了。

守护神、贞德姐姐和残酷的火刑场全都消失了，游戏结束了。

奇妙的人文冒险　圣女贞德最后的心愿

浩东有点被搞糊涂了。这所有的一切，真的都是发生在游戏世界里的事吗？

"居然有这么悲伤的游戏！"浩东边擦眼泪边嘀咕着。

按照浩东以前玩游戏的经验，他通常很快就忘记游戏里的一切，无论是游戏里帅气的英雄，还是玩游戏时的刺激感，浩东并不会一直沉溺在游戏中。但这次的游戏有点奇怪，虽然结束了，但浩东感觉自己仍然在游戏中。而且这一切就好像是亲身体验过的事情一样，非常鲜活。尤其是贞德姐姐那张明朗又漂亮的脸，还有姐姐伤心哭泣时的模样，也不断地在浩东脑海中浮现。

7. 游戏结束

浩东试着忘记贞德最后的样子，虽然是游戏，但他也不想记得贞德悲伤的样子。

"好！我只要记得姐姐明朗又漂亮的样子就好！"

想起贞德的浩东仔细思考，然后自言自语说："绝对不能再让战争发生了！战争是因为人类的贪婪与自私而引起的。但我居然也为了自己，在班上掀起了战争，我竟莫名其妙地要求在班长选举中确定候选人的条件。啊，真是丢脸！"

如果浩东继续主张确定候选人的条件，会使班上同学们的对立变得更严重。即使浩东最后当上班长，支持灿浩的同学们也不会轻易接受这样的结果，一定也会抗议。那么，班上同学在选举后，也一定会继续对立，每天对着彼此大声叫骂或互相批评。这简直和战争没有两样。

"绝对不可以发生那种事！"浩东下定决心。

"好！是我做错的事，我要负责才行。"

第二天，浩东在全班面前说出了自己的心声："大家听我说，这次我不会竞选班长了。我之前实在太贪心了，为了能继续当班长，硬是希望大家能制订参选班长的资格与条件，但我体会到我所说的那些条件其实只对我有利，对灿浩并不公平。我明白了一件事，如果有人贪心或只想着自己，就可能会引发冲突。我认为贪心的人不应该出来竞选，那样只会造成不必要的斗争。所以我想为我昨天说的话道歉，并退出这次的班长选举。"

奇妙的人文冒险 圣女贞德最后的心愿

教室里瞬间变得闹哄哄。

"他为什么要这么做？"

因为浩东这突如其来的发言，同学们个个面露不知所措的表情。教室顿时变得非常混乱，大家七嘴八舌地讨论起来，整间教室变得十分嘈杂。为了让同学们安静下来，老师开口说道："同学们，安静。"

老师看着浩东说："那么，你认为这次的选举该怎么做才好呢？你觉得什么样的人才能当班长呢？"

7. 游戏结束

"班长选举应该在公平公正的规定下，正正当当地举行才行。这样才能让正直无私的人成为代表我们班的班长。"

听了浩东的话，老师笑得很灿烂。

"看来浩东昨天晚上真的想了很多。但怎么会过了一晚，想法就改变这么多？难道发生了什么事吗？"

浩东犹豫了一下。

"要告诉老师和同学们，我昨天经历的事吗？"

但浩东将涌上喉咙的话咽了下去。反正说了也一定会被大家当成笑话，谁也不会相信的。因此浩东故意开了个玩笑："这个嘛……如果我说我遇到天使，大家会相信吗？嘿嘿嘿！"

守护天使的
人文课程

- 伟大历史人物的小传
- 世界战争小史
- 培养思维能力的人文科学

奇妙的人文冒险　圣女贞德最后的心愿

伟大历史人物的小传

漫长的战争 —— 百年战争

中世纪末期，英国和法国之间爆发了百年战争。这场战争开始于1337年，一直延续到1453年，是长达116年的漫长战争。

战争起因于王位继承问题和领土纠纷。1328年，法国国王查理四世过世了，但他死时没有留下子嗣，所以查理四世的堂哥腓力六世便继承了王位。不过，当时的英国国王爱德华三世却认为应该由他来继承王位，理由是他的母亲是查理四世的妹妹。因为这次的王位继承问题，两国之间的对立越来越严重。再加上当时英国统治了一部分法国的土地，两国又因为土地问题产生冲突。那时候的佛兰德斯是欧洲最大的毛纺织工业地带，基恩则是欧洲最大的葡萄酒产地，两地资源丰富，所以英、法两国

百年战争初期的会战

都希望能占为己有。英国首先宣战，进而两国就爆发了漫长的战争。

战争初期，英国有很大的优势。到了战争中期，法国还因为国内的贵族对立，导致法国的勃艮第公国竟与英国结盟。但在1429年贞德参战后，百年战争的局势扭转了。后来法国军队持续取得胜利，夺回了大部分失去的领土。

引领法国走向胜利的贞德

百年战争期间，法国人民过得非常痛苦。因为，英国军队在征服一个地方后，会抢夺村民的粮食或家畜，还会放火将整个村庄烧成灰烬。

贞德居住的东雷米村也遭到英军攻击。1425年，在贞德13岁那年，栋雷米村受到英国军队的袭击，村庄开始起火。看到起火的村庄，贞德对英国军队产生极度的厌恶。

有一天，在贞德身上发生了一件特别的事。贞德开始听到来自天使的声音。贞德甚至从天使那里收到了特别的启示："贞德，带领军队去击退英国军队和勃艮第军队，拯救法国吧！"

中世纪时期，有许多人都会声称自己听到了圣人和天使的声音。那是因为他们自认为对上帝的信仰很强烈又很单纯，所以才会出现这样的事情。

奇妙的人文冒险　圣女贞德最后的心愿

贞德

战场上的贞德

　　收到天使启示的贞德去拜见查理六世的儿子——查理王子。查理王子在试探贞德后，便认可了贞德特别的能力，并让她指挥法国军队。

　　贞德上了战场后，在长期被英国军队包围的奥尔良与英军展开激战，最后获得了胜利。贞德后来也在其他战役中接二连三地取得胜利，法国连连战胜，扭转了战局。查理王子也正式举行加冕仪式，登上王位成为查理七世。

被污蔑为女巫的贞德

贞德接连取得胜利，越来越受到国民的爱戴，这让查理七世感到不满和威胁。而且比起继续打仗，他更希望通过和平谈判来结束战争。

不过，不知情的贞德仍为了占据更多重要的领土，持续与英国军队奋战。1430年，贞德在贡比涅的战役中被勃艮第军队抓走，成了战俘。勃艮第军队将贞德交给了英国军队。

当时，英军只要收到赎金，就可以放走战俘，但查理七世不但没有付赎金给英国军队，也没有为了救出贞德而做任何努力。

结果，英国军队决定要陷害贞德并杀死她。英国不想让贞德继续活着，因为她被法国军队视为英雄。

为了能顺利处死贞德，英国政府制造谣言，说贞德是女巫。最后他们甚至指控贞德穿着男装："贞德拒绝穿女装是对教会的不服从。"（在当

监禁贞德的城堡监狱

奇妙的人文冒险　圣女贞德最后的心愿

时，宗教不允许女生随便穿着男生的服装）。

在经过多次的审判后，贞德最后被处以火刑。1431 年 5 月 30 日，贞德在火刑台的烈火中去世。

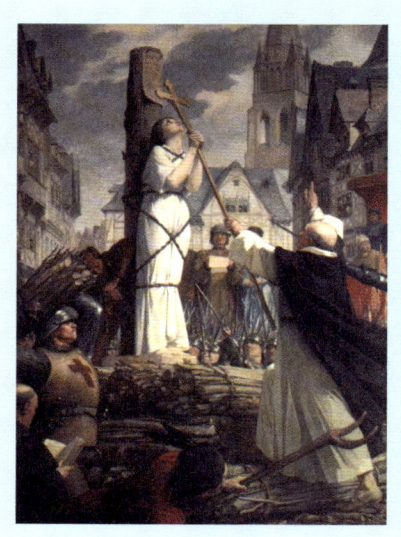

遭受火刑的贞德

贞德恢复了名誉

贞德的死讯让法国人民非常愤怒，他们批评法国政府在贞德被监禁和受宗教审判期间，没有做任何事，还始终保持沉默。人民开始要求恢复贞德的名誉。

1455 年，教会重新调查贞德死前所接受的审判，洗清了贞德被诬陷成女巫的污名，重获清白让贞德生前的许多功绩再次被看见。1456 年，新的审判结果出炉——承认贞德所听见的声音是天使的声音，而且认为贞德是忠诚的天主教徒。

在重启的审判结束后，贞德再次成为法国的英雄。此时，贞德才再度被认为是带给法国人民勇气和希望、拯救国家的勇敢少女。

贞德的故事后来出现在许多电影和文学作品之中。在这些作品中，贞德的形象超越了拯救法国的英雄形象，并且有了新的诠释与评价。

　　中世纪时期，女性是无法参与政治与经济活动的。即使是在那样的环境下，贞德却勇敢挑战了以男性为主的社会，对保守的思考方式提出质疑。她没有待在男人背后，而是挺身出来面对充满危机的世界，展现了全新的女性形象。

　　直到现在，全世界关于贞德的研究仍持续进行中。

巴黎圣母院中的贞德石像

奇妙的人文冒险　圣女贞德最后的心愿

世界战争小史

　　战争是人类社会集团之间、国家等敌对双方为了达到一定政治、经济、领土等目的而进行的武装斗争。

　　在人类历史上，曾经发生过无数次战争。究竟为什么会发生战争呢？

为什么会发生战争？

　　试着分析原因就会知道，战争之所以会发生，其实背后都不止一个原因。

　　在古代，引发战争的主要原因是领土的纷争。当时各部落、民族或国家为了占据更肥沃的土地而发动战争。

　　但是随着许多国家的出现，战争的原因也变得更加复杂。

　　在现今世界，依然有许多国家因为种族或宗教问题而爆发冲突，或是为了对抗独裁政权而引发内战。

在人类的历史上，曾发生过哪些影响重大的战争呢？

历史上具有代表性的战争

希波战争

希波战争是公元前499年至公元前449年间，古希腊城邦与波斯帝国之间爆发的一系列战争的统称。波斯帝国为了扩张版图三次入侵希腊，战争以希腊获胜，波斯战败而结束。

希波战争中的一场战役发生在马拉松平原。当时希腊大胜，希腊军队的传令兵菲迪皮茨（Pheidippides）为了将这个好消息传到雅典，从马拉松跑到雅典中央广场，连续跑了约40千米，他传达了胜利的消息后，就因力竭而倒地死去。这个故事一直流传至今。后人为了纪念马拉松战役和菲迪皮茨的壮举，设立了马拉松长跑这一运动项目。自1924年第八届奥运会，马拉松长跑全程距离设定为42.195千米。

希波战争是世界历史上第一次欧亚两洲大规模的国际战争，对东西方经济与文化都产生了重大影响。

希腊士兵和波斯士兵的战斗

奇妙的人文冒险　圣女贞德最后的心愿

布匿战争

布匿战争

"布匿"是罗马人对腓尼基的称呼，位于非洲北部的迦太基是古代腓尼基人的殖民地。布匿战争是罗马和迦太基为了争夺地中海西部的统治权而发生的战争。布匿战争从公元前264年持续到公元前146年，期间共有三次战争。

罗马在这三次战争中大获全胜，争得了地中海西部的霸权，并渐渐发展成世界强国。

百年战争

百年战争是1337年到1453年英法两国因领土问题而爆发的战争。由于战争时间横跨了14世纪和15世纪，超过了百年，因此被称为百年战争。英国首先宣战，但最终法国取得胜利，完成民族统一，为之后在欧洲大陆的扩张打下了基础。总体来说，百年战争对英格兰和法兰西人民来说都是一场灾难，英法两国的经济大受创伤，民不聊生。虽然英国军队在战争一开始占有优势，但在法国危难之际，民族女英雄贞德临危受命，挺身而出，重新唤醒了军民的作战士气，在她的率领下法国取得了奥尔良之战的胜利。

三十年战争

三十年战争是从 1618 年持续到 1648 年，在欧洲以德意志为主要战场的为期三十年的国际性战争。

1517 年，德国的马丁·路德发起宗教改革，使当时欧洲的基督教分裂成信仰天主教的旧教，与跟随路德的新教，两个教派的对立非常严重。除此之外，也渐渐出现其他各种新教派，皆被视为新教。

17 世纪初，改信新教的波希米亚与信奉旧教的神圣罗马帝国发生冲突。1618 年波希米亚新教徒发动起义，反抗神圣罗马帝国，将罗马帝国皇帝派驻的代表从窗口扔入壕沟。这一事件成为三十年战争的导火线。

后来因为有许多国家参与了这场战争，战争规模变得相当庞大。三十年战争后，德国国土遭到损害，数百万人民伤亡。

美国独立战争

美国独立战争发生于 1775 年到 1783 年。18 世纪初，英国在北美沿岸设立了十三个殖民地。一开始英国并不怎么干涉殖民地，但到 18 世纪后半叶，英国想要向北美殖民地征收新税，并管制殖民地的贸易，实行高压政策，殖民地人民的生活负担沉

奇妙的人文冒险 圣女贞德最后的心愿

美国独立战争

重，因此发出抗议，想要争取独立，最终导致战争的爆发。殖民地代表们在1776年7月4日，向世界公开发表了《独立宣言》。战争初期英军处于优势，但后因法、西、荷各国参战反英、普、俄领导的"北欧联盟"实行武装中立，使英国陷于孤立。经过八年的抗战，殖民地的革命者取得了胜利。参战国的代表们于1783年聚集在巴黎签订和约，英国被迫承认北美十三个殖民地的独立。美国，就这样诞生了。

拿破仑战争

拿破仑战争发生于1799年到1815年，是在法国大革命后，拿破仑统治下的法国与反法同盟各国进行的战争。

当时的法国是欧洲最富强的国家，因此其他欧洲列强总是得看法国的脸色行事，并随时对法国保持警戒，怕法国会攻击他们。但是在法国国内发生革命、陷入混乱后，欧洲列强便打算联手攻击法国，他们组成了"反法同盟"，想要一起侵略法国。这时拯救法国脱离危机的人就是拿破仑。拿破仑勇猛善战，他凭借优秀的战略才能屡次击退敌人，成为国民的战争英雄。

后来，拿破仑在1799年发动政变并掌握了政权，甚至在1804年建立法兰西第一帝国，成为"法国人的皇帝"。加冕称帝的拿破仑开始向外征战。法兰西第一帝国曾经盛极一时，几乎占领了欧洲大部分的土地。

俄国、英国、西班牙、奥地利、普鲁士等国家结成反法同盟，共同抵抗拿破仑的入侵。

拿破仑翻越阿尔卑斯山

虽然拿破仑十分擅长打仗，但最后战无不胜的他还是输给了联军。1814年，拿破仑一世被迫退位，被流放到了意大利的厄尔巴岛。

第二年，拿破仑逃出厄尔巴岛后，再次夺回政权。不过，他却在滑铁卢战役中被彻底击败，输给了英国、俄国与普鲁士等国联军。

战败后，拿破仑再度被流放，这次他被流放到大西洋南部的圣赫勒拿岛，最后在岛上去世。

日俄战争

日俄战争是在1904年到1905年间，日本与俄国为了争夺中

奇妙的人文冒险 圣女贞德最后的心愿

日俄战争时的俄国军队

国东北和朝鲜半岛的权益，在中国东北的土地上进行的帝国主义战争。

中日甲午战争之后，日本军国主义疯狂推行其侵略和吞并中国等周边大陆国家的"大陆政策"。这样，就同俄国的"远东政策"发生了尖锐的矛盾。1904年2月8日，日本向俄国在中国旅顺口的舰队发动突然袭击。10日，日俄正式宣战。

最终日本获胜。战后，日本取代俄国在中国东北的支配地位，并准备进一步侵略中国。

第一次世界大战

工业革命后，欧洲工业迅速发展，欧洲各国的工厂生产了各式各样的物品。为了能够赚更多的金钱，欧洲各国开始寻找更多能够贩卖这些物品的市场。也因为制造了许多物品，欧洲本土的原材料渐渐减少，各国便也开始寻找能够持续提供丰富原材料的地方。除此之外，他们还需要寻找许多推进物品生产的劳工。刚好亚洲和非洲拥有丰沛的原材料和廉价的劳动力，于是欧洲列强们争先恐后地侵略这两大洲，在亚、非两洲各地建立和争夺殖民地。

用强大的经济实力和军事力量占领其他国家、统治其他民族的国家，被称为"帝国主义国家"。第一次世界大战就是帝国主义国家为重新瓜分世界、争夺世界霸权而进行的战争。

随着帝国主义国家争夺殖民地的竞争越来越激烈，欧洲形成了三国同盟与三国协约两大军事对抗集团。当时，德国、奥匈帝国和意大利三国组成三国同盟，以德国为中心；法国、俄国与英国则为了对抗三国同盟而组成三国协约。

1914年，奥匈帝国皇储在萨拉热窝检阅军事演习时被塞尔维亚的青年枪杀。这次事件导致奥匈帝国在德国的支持下向塞尔维亚宣战。萨拉热窝事件后来被认为是第一次世界大战的导火线。1914年7月，奥匈帝国进攻塞尔维亚，8月德、俄、法、英参战。日本也向德国宣战，出兵占领中国山东。随后意大利从同

奇妙的人文冒险　圣女贞德最后的心愿

盟国转到协约国，美国、中国等也在1917年加入了协约国；奥斯曼帝国、保加利亚则加入同盟国。

这场激烈的战争战火遍及欧、亚、非三洲，历时四年三个月，以1918年11月德国投降作为结束标志，协约国获得了胜利。但无论战胜的是哪一方，造成的伤害都十分严重。

第二次世界大战

1929年，资本主义世界各国的银行和企业纷纷倒闭，许多人成了失业者，全世界遭遇经济危机。

在资本主义各国努力想要克服这个经济危机的过程中，极权主义诞生了。极权主义压抑个人的自由，对内极权统治，对外征服世界。意大利的墨索里尼、德国的希特勒等人，就是极权主义独裁者的代表人物。

他们预谋借由侵略其他国家获取更多的资源，使自己的国家脱离经济危机，所以德国、意大利、日本组成了轴心国，开始向外发动战争，侵略其他国家；英国、法国、美国、苏联、中国则组成了同盟国来对抗轴心国。由德、意、日法西斯国家发动的人类历史上空前规模的世界战争就是第二次世界大战。

在第二次世界大战期间，德国头号战犯希特勒屠杀了许多犹太人，入侵破坏各地的城市。加上在第二次世界大战中使用的许多尖端武器（原子弹是其中之一），造成了可怕的毁灭和伤亡。

第二次世界大战是人类历史上夺走最多人命和造成最多财产损失的战争。

在这场战争中，同盟国赢得了最后的胜利。但是战争过后，全世界的人们看到的是大片荒废的国土和大量的牺牲者，感受到的是战争的可怕和残酷。为了不让战争再次发生，全世界一致认为应该同心协力，维护和平。

两伊战争

第二次世界大战后，在中东地区的伊朗与伊拉克又爆发了战争。中东成为世界上最常发生纷争的地区。这里除了政治、宗教、民族等问题非常复杂之外，还因为是石油的主要产地，成为强国争相要控制的区域。

中东地区里属于波斯文化圈的伊朗，与阿拉伯文化圈的伊拉克，关系本来就不好。加上伊朗在1979年时，国内因为发生革命陷入了混乱之中，国力逐渐衰弱，伊拉克便趁机入侵伊朗，引发了两伊战争。

两伊战争发生于1980年到1988年，起初，世界各强国并没有积极阻止战争发生，反而只想着要将武器卖给伊朗与伊拉克。

后来战场逐渐扩大，战事蔓延到波斯湾。眼看这场战争渐渐演变成国际战争，联合国在1987年出面调停，要求两国停止战争。最终在1988年，伊朗和伊拉克双方停火，结束了战争。

奇妙的人文冒险　圣女贞德最后的心愿

两伊战争造成了两国一百多万人丧命，经济损失也非常惨重，伤害极大。曾为石油富国的两国，在战争结束后，竟然都变成了负债国。

为了和平做出的努力

经历无数的战争后，人类逐渐明白了战争是多么可怕的事。世界各地开始发起反战运动，也渐渐出现了"和平必须由世界各国共同努力"的声音。

因为第一次世界大战和第二次世界大战的爆发，人们体会到了各国必须合作，才能维护和平，因此需要创立一个强有力的国际机构来处理国际事务。于是，"国际联盟"和"联合国"便出现了。

第一次世界大战后，以维持世界和平与安全为目标的"国际联盟"成立，但"国际联盟"并未发挥太大影响力，所以在第二次世界大战后，各国便认为需要再创建一个能弥补"国际联盟"不足的国际机构，因此成立了"联合国"。

"联合国"是一个规模巨大的国际机构。每年举行一届大会，开会时各国聚在一起，对国际和平、安全、人权与自由等问题进行讨论。

为了世界和平而努力的"非政府组织"也很多。"非政府组织"不是政府机关或与政府有关系的团体,而是单纯的民间组织,是为了公益目的而运作的非营利机构。这种机构和"联合国"合作,也为维护世界和平而努力。

本书部分情节与插图为作者想象与创作，或与史实有出入。

培养思维能力的人文科学

1. 浩东为了当上班长而提出"班长候选人的条件"。但从人文冒险之旅回来后,他意识到自己的错误,并宣布放弃竞选班长。浩东对于班长选举的想法,在游戏之前和之后有什么不同呢?请试着写下来。

奇妙的人文冒险　圣女贞德最后的心愿

2. 浩东的爸爸曾说过：战争来自人们的贪婪与自私。你认为是这样吗？请试着写下你的想法。

3. 读了"世界战争小史"后,你有没有一两个更加想了解的战争呢?或是有没有未在本书中出现,但是让你很好奇的战争呢?你所好奇的是什么战争?请搜集相关资料,并写下你对这场战争的想法。

奇妙的人文冒险　圣女贞德最后的心愿

4. 战争会造成许多不幸，所以世界上有许多人在努力防止战争的发生。在生活中，我们可以做些什么来维护和平呢？请想一想，并写下来。

未来，属于终身学习者

我们正在亲历前所未有的变革——互联网改变了信息传递的方式，指数级技术快速发展并颠覆商业世界，人工智能正在侵占越来越多的人类领地。

面对这些变化，我们需要问自己：未来需要什么样的人才？

答案是，成为终身学习者。终身学习意味着具备全面的知识结构、强大的逻辑思考能力和敏锐的感知力。这是一套能够在不断变化中随时重建、更新认知体系的能力。阅读，无疑是帮助我们整合这些能力的最佳途径。

在充满不确定性的时代，答案并不总是简单地出现在书本之中。"读万卷书"不仅要亲自阅读、广泛阅读，也需要我们深入探索好书的内部世界，让知识不再局限于书本之中。

湛庐阅读 App: 与最聪明的人共同进化

我们现在推出全新的湛庐阅读 App，它将成为您在书本之外，践行终身学习的场所。

不用考虑"读什么"。这里汇集了湛庐所有纸质书、电子书、有声书和各种阅读服务。

可以学习"怎么读"。我们提供包括课程、精读班和讲书在内的全方位阅读解决方案。

谁来领读？您能最先了解到作者、译者、专家等大咖的前沿洞见，他们是高质量思想的源泉。

与谁共读？您将加入到优秀的读者和终身学习者的行列，他们对阅读和学习具有持久的热情和源源不断的动力。

在湛庐阅读 App 首页，编辑为您精选了经典书目和优质音视频内容，每天早、中、晚更新，满足您不间断的阅读需求。

【特别专题】【主题书单】【人物特写】等原创专栏，提供专业、深度的解读和选书参考，回应社会议题，是您了解湛庐近千位重要作者思想的独家渠道。

在每本图书的详情页，您将通过深度导读栏目【专家视点】【深度访谈】和【书评】读懂、读透一本好书。

通过这个不设限的学习平台，您在任何时间、任何地点都能获得有价值的思想，并通过阅读实现终身学习。我们邀您共建一个与最聪明的人共同进化的社区，使其成为先进思想交汇的聚集地，这正是我们的使命和价值所在。

CHEERS

湛庐阅读 App
使用指南

读什么
- 纸质书
- 电子书
- 有声书

怎么读
- 课程
- 精读班
- 讲书
- 测一测
- 参考文献
- 图片资料

与谁共读
- 主题书单
- 特别专题
- 人物特写
- 日更专栏
- 编辑推荐

谁来领读
- 专家视点
- 深度访谈
- 书评
- 精彩视频

HERE COMES EVERYBODY

下载湛庐阅读 App
一站获取阅读服务

잔 다르크의 전쟁 교실（The War Class of Joan of Arc）

Copyright © 2017 by Lee Hyang-An & Lee Kyoung-Seok

All rights reserved.

Translation rights arranged by SIGONGSA Co., Ltd. through May Agency and Chengdu Teenyo Culture Communication Co., Ltd.

Simplified Chinese Translation Copyright © 2022 by Cheers Publishing Company.

本书中文简体字版经授权在中华人民共和国境内独家出版发行。未经出版者书面许可，不得以任何方式抄袭、复制或节录本书中的任何部分。

著作权合同登记号：图字：01-2022-6822 号

版权所有，侵权必究
本书法律顾问　北京市盈科律师事务所　崔爽律师

图书在版编目（CIP）数据

奇妙的人文冒险. 圣女贞德最后的心愿 /（韩）李香晏著；（韩）李敬锡绘；邱子菁译. -- 北京：中国纺织出版社有限公司，2023.5

ISBN 978-7-5229-0087-2

Ⅰ. ①奇⋯ Ⅱ. ①李⋯ ②李⋯ ③邱⋯ Ⅲ. ①儿童故事-图画故事-韩国-现代 Ⅳ. ①I312.685

中国版本图书馆CIP数据核字（2022）第227672号

责任编辑：刘桐妍　　责任校对：高　涵　　责任印制：储志伟

中国纺织出版社有限公司出版发行
地址：北京市朝阳区百子湾东里 A407 号楼　邮政编码：100124
销售电话：010—67004422　传真：010—87155801
http://www.c-textilep.com
中国纺织出版社天猫旗舰店
官方微博 http://weibo.com/2119887771
北京盛通印刷股份有限公司印刷　各地新华书店经销
2023年5月第1版第1次印刷
开本：710×965　1/16　印张：30.75　插页：5
字数：220千字　定价：239.90元

凡购本书，如有缺页、倒页、脱页，由本社图书营销中心调换